AF309163

LOISIRS POÉTIQUES,

Par L. CHIRON,

De plusieurs Académies.

AU MANS,

Imprimerie de FLEURIOT, rue Royale, n.º 26.

An 1822.

FABLES.

I.

LE BLUET ET LA JACINTHE.

Certain fleuriste aimait ses fleurs
Tout comme un Céladon chérirait sa bergère ,
Ou nos savans leurs vieux auteurs ,
Et nos coquettes l'art de plaire.
Là , de ses thyrses odorans ,
Doux habitans de son bocage ,
Le troëne égayait l'ombrage ;
Et le lilas , sur son passage ,
Retombait en bouquets charmans.
Souvent des voisins complaisans
Lui portaient une fleur nouvelle ;
Et lui-même par fois aux champs
Allait dérober la plus belle.
Comme il parcourait les guérêts ,
Où jaunissait alors Cérès ,
Le Bluet s'offrit à sa vue ,
Fleur à son parterre inconnue ,
Et dont l'azur , rival des cieux,
De l'amateur charma les yeux.
La Jacinthe , nouvelle proie ,
Non loin de là croissait encor ,
Et notre homme , rempli de joie ,

Emporte ce double trésor.
Avec grand soin il le cultive
Dans les carrés de son jardin ;
La Jacinthe , simple et naïve ,
Devint plus belle sous sa main.
Dignes d'orner un diadême ,
Et charmant chaque connaisseur ,
Ses fleurons , d'un éclat suprême ,
Faisaient l'orgueil de l'amateur.
Pour le Bluet , il crut en vain ;
Sa tige , éparse et dégarnie ,
Déplut ; on s'en défit enfin :
Par là , son histoire est finie.
Chacun a ses goûts , son penchant ;
L'un perdrait en quittant sa place ,
Tout comme l'autre en y restant.

De s'élever la folle audace
Ne convient à tous les talens :
Faite pour briller et pour plaire ,
La Jacinthe veut un parterre ,
Le Bluet n'est joli qu'aux champs.

II

MERCURE, LE CERF-VOLANT
ET LE PAPILLON.

Mercure un jour, le messager des Dieux,
Vit, en montant vers l'auguste empyrée,
Deux insectes voler dans la plaine éthérée
Et s'éléver à qui mieux mieux.
Il s'amuse un instant à contempler leurs jeux :
Tout comme nous pour rien, parfois, un dieu s'arrête.
Papillon, Cerf-volant, autrefois vermisseaux,
Se trouvaient depuis peu transformés en oiseaux :
C'etait pour eux un jour de fête.
Çà, dit Mercure, un peu de superflu
Ne messied pas. Même à ce que j'ai lu,
En manquer c'est souvent manquer du nécessaire.
J'y veux pourvoir chez vous. En avez-vous assez,
Pieds, ailes, corps nouveau ? Nommez quelqu'autre affaire
Qui soit l'objet de vos vœux empressés.
Le seigneur Jupiter que j'aime et je révère
En agit envers moi, lui dit le Papillon,
Tout comme envers un fils pourrait agir un père ;
Grâces à lui, je suis plein de raison,
Joli, charmant, peut-être un peu volage :
Que voulez-vous ? Quelquefois le plus sage
Peut succomber. Je vous fais un aveu ;
J'irai ce soir où m'attend une rose,
L'habit que j'ai me convient assez peu ;
Pour l'embellir il faudrait quelque chose,
Quelqu'ornement digne de la beauté

Qui doit ce soir me voir à son côté.
Le bon Mercure , exauçant sa prière ,
Versa sur lui la brillante poussière
Que sur son corps voit notre œil enchanté.
Le Cerf-volant fut plus modeste :
Il était bien , et la faveur céleste
Avait en sa faveur fait plus qu'il ne fallait.
Mais cependant s'il tombait de la pluie ,
Il craignait que son aile en fût trop affaiblie ;
Pour la mettre à couvert un étui convenait.
(L'étui qui la contient , remarquez ce passage ,
Chez aucun Cerf-volant n'était lors en usage.)
Mercure lui donna tout ce qu'il désirait.
Bientôt après , tout battu d'une ondée ,
Le Papillon tomba décoloré ;
Grâce à la prière accordée ,
Le Cerf-volant en son trou retiré ,
Brave l'humidité , ne craint point la tempête ,
Pour le premier beau jour tient son aile encor prête ,
Pendant que son voisin , à ramper obligé ,-
Sent que la sienne déchirée ,
N'est qu'un vain poids dont son corps est chargé ;
Perd et son vol léger et sa riche livrée ,
Périt d'ennui. Raison , sage raison ,
Heureux qui te consulte , et dans sa prévoyance ,
D'inutiles désirs repoussant le poison ,
Sait quand il faut invoquer ta prudence !

III.

L'HORTENSIA.

Un papillon un jour voit une fleur nouvelle,
Se place dans son sein, la fleur était si belle !
C'était l'Hortensia. L'Hortensia lui plut,
Mais bientôt reprenant son humeur infidelle,
L'inconstant papillon loin d'elle disparut.
De sa fleur verte encor le teint lui semblait rare,
Mais sa couleur, dit-il, n'a qu'un éclat bizarre.
Ainsi parle l'ingrat. Quelque tems se passa :
Il voit aux mêmes lieux une autre Hortensia.
« Ah ! celle-ci du moins peut me sembler charmante ;
» Que sa couleur lilas me paraît plus touchante ! »
Il dit. C'était la même, et d'une autre couleur ;
Sa corolle chargée en fit une autre fleur.
Vous qui cherchez à plaire, auteurs, qu'il vous souvienne
De varier afin que le lecteur revienne,
Vous suive jusqu'au bout. Si les contours sont bons,
Ne changez point la forme et changez de crayons.

IV.

LE VIEILLARD, LE JEUNE HOMME,
LE CERF ET LE CHAMEAU.

Certain marchand de Bassora,
Très-riche et très-âgé, ce sont là deux affaires
Dont l'une plaît beaucoup et l'autre ne plaît guères,
Prit un jour le dessein de visiter Agra.
Un voyage aussi long et surtout à son âge !

Il eût mieux fait d'en rester là.

Il le voulut pourtant ; tout vieillard n'est pas sage ,
Et comme son fils l'en pria ,
Le fils aussi fut du voyage ,
Son fils unique. Un avis inséré
Dans les papiers du tems , promettait récompense
A l'animal qui voudrait à leur gré
Les transporter. La somme était immense ;
Partant , chacun en fut tenté.
L'univers , libre alors , ne voyait point la bête
De l'homme être propriété ;
Tout animal servait pour un salaire honnête ,
Ou bien dormait en pleine liberté.
Le lion vint , dit-on. Que ne peut convoitise ,
Désir de l'or ! Il s'étend jusqu'aux rois ;
On en a vu plus d'une fois
Servir pour en avoir , ou faire autre sottise.
Cependant on le renvoya :
Un pareil serviteur pouvait devenir maître.
Le chien trop faible et le tigre trop traître ,
Ne convenaient. Un cerf se présenta ,
Un cerf de haute apparence ,
Aux pieds légers , plein d'assurance :
« Messieurs , dit-il , regardez-moi.
Vous vous y connaissez. Je vous conviens peut-être ,
Et dans Cervopolis mon pareil est à naître.
Vous voulez visiter Agra ?
Le chemin vous fait peur ? Ce n'est rien que cela.
Peut-être des voleurs la crainte aussi vous gêne ?
C'est peu de chose , et le bois que voilà
Suffit pour vous tirer de peine. »

Le jeune homme en fut enchanté ;
Au vieillard il ne plaisait guère ,
Son discours encor moins. Sa tête était légère ;
Mais le fils l'emporta , le cerf fut arrêté.

Bientôt un animal difforme ,
Un chameau , d'un air doux et d'une taille énorme ,
Faisant voir sur son dos et colline et vallon ,
Se présente au vieillard et dit : « Messieurs , pardon ;
Vous vous attendiez peu sans doute à ma visite.

Hier au soir, dans Camélopolis ,
A son de trompe , on criait un avis
Que j'écoutai , par lequel on invite
Tout animal servant de venir au plus vite
Vous offrir son office avec sa liberté.

Par cet avis je me suis vu tenté :
J'avais un maître , et c'était une fête
De le servir. Hélas ! je l'ai perdu.
Je l'ai servi du moins le tems qu'il a vécu.

J'ai mes papiers , Messieurs , je suis honnête. »
Le vieillard fut charmé de cet humble langage.

Sans regarder à la beauté ,
L'animal lui parut robuste autant que sage ,
Propre à marcher sans ennui du bagage ;
Bref le chameau fut accepté.

On part, tout était prêt , et le cerf fuit et vole ,
Léger comme le vent , prompt comme la parole ;
Au jeune homme son bois sert encor de soutien :
Mais sans courir le chameau marchait bien.
Le jeune homme au vieillard dit enfin : « Mon cher père ,

Je vous fatigue , je le vois ;

Et si cela pouvait vous plaire ,
Je vous précéderais. Puis dans les bons endroits,

Je ferais préparer un gîte.
Vous seriez mieux et vous iriez moins vîte. »
Le vieillard consentit.
L'homme au cerf aussitôt partit.
Sa monture au loin le transporte :
Il avait pour joyeuse escorte
Le jeune âge et l'espoir. Regrettant ses grands bois ,
Le cerf au fond se trouvait aux abois.
Au sein d'une forêt le jour enfin les laisse ,
Il rallentit alors ses pas douteux :
« Je ne puis plus marcher, seigneur, je le confesse ,
Et dans l'ombre je suis peureux :
Dormons. Au lever de l'aurore
Du jour nouveau nous partirons.
Sur la route bientôt nous nous retrouverons.
Dormons en paix, car j'ai du tems encore
Pour arriver. » Le jeune homme en secret
Au bon chameau pensait avec regret ,
Et soupçonnait la foi de sa monture.
Il eut raison , car pendant son sommeil ,
Notre cerf dans les bois fut chercher aventure :
Le maître à pied partit à son réveil.
Long-tems après la capitale
De l'Indostan les vit enfin tous deux ,
Son père et lui. Son père plus heureux ,
De son chameau suivant la marche égale ,
Arriva tôt, content d'avoir choisi ,
Sans se fier à l'apparence
Qui nous trompe souvent en cet univers-ci ,
Et rendit grâce à sa prudence.

V.

LE PRISONNIER ET L'HIRONDELLE.

Un prisonnier, dans son cachot,
S'ennuyait fort de sa cellule austère,
Pour tout plaisir, de faire maigre chère
Et d'être seul à croquer le marmot.
Lors on voyait de retour sur la terre
Zéphyr joyeux la parsemer de fleurs ;
A sa fenêtre il vint une hirondelle
Qui des barréaux le saluant de l'aile :
« Mon Dieu, mon cher, que j'ai plaint vos malheurs !
Depuis long-tems j'en souffre, lui dit-elle.
Je plains surtout l'insupportable ennnui
De ne rien voir et d'être seul ici.
Depuis long-tems j'ai conçu le dessein,
Si je le puis, d'adoucir l'esclavage
Des fers cruels qui font votre chagrin.
Tout en causant, le malheur se soulage :
Je vais de plus vous confier l'état
Où je me trouve. Enfin, heureuse mère,
Je vais bientôt, sans bruit et sans éclat,
A mes enfans procurer la lumière.
Que de plaisirs dans leurs jeux caressans !
Et vous aussi, près de vous voletans,
Vous les verrez. » Tout rempli d'espérance,
Le prisonnier accepte en diligence
Son amitié, qu'il paya de retour,
Et ce jour-là fut encore un beau jour.
Or, caressant sa compagne fidelle,

Du pain chétif dont il était nourri
Le prisonnier nourrissait l'hirondelle
Et ses enfans : il n'avait plus d'ennui.
L'hiver enfin menaçait la nature ,
Les bois riants n'avaient plus leur parure ,
Quand l'hirondelle dit un jour :
« Je vais un tems vous quitter. Mon amour
Pour mes enfans en est la seule cause.
C'est quelque bien qu'il me faut recueillir ;
Je reviendrai quand renaîtra la rose :
Croyez toujours vivre en mon souvenir ;
De vos bienfaits je garde la mémoire. »
Le prisonnier pleura , dit mon histoire ,
Sa compagne lui dit adieu.
Elle quittait et pour toujours ce lieu.
Son soin à bien avait mis la couvée ,
Loin des dangers sa famille élevée ,
Grâce surtout au pain de l'amitié.
Que fallait-il , hélas ! à l'inconstante ?
Cœur vil et faux par l'intérêt lié ,
Les seuls bienfaits la rendaient caressante.

ODES, STANCES.

I.

LE SAGE.

Heureux, cent fois heureux le Sage,
Qui d'un vers innocent occupant son loisir,
Debout sur ce triste rivage,
Se tient toujours prêt à partir !
Loin des vastes projets dirigeant sa pensée,
Il sait braver les coups du sort,
De la bonté des dieux attend son Elysée,
Et retrouve la vie au-delà de la mort.

II.

A AMYNTAS.

Voici l'heure où la nuit va déployer ses voiles,
Et la nuit le dispute au jour :
La douce clarté des étoiles
Sait inspirer le sage et suffit à l'amour.
Heureux qui peut à la mélancolie
Consacrer de si beaux instans !
Accours, aimable rêverie,
Viens, tes attraits sont doux et tes rêves touchans.

Apprends, jeune Amyntas, à chérir sa tristesse,
    Plus douce encor que la gaîté,
Précieuse à l'amour et chère à la sagesse :
Va, c'est elle, crois-moi, qu'on nomme volupté.

***

III.

AU PRINTEMS.

Viens, aimable Printems, viens, suivi du Zéphyre,
Ramener parmi nous la verdure et les fleurs ;
Que la nature encor se plaise à nous sourire,
Et se pare pour nous de riantes couleurs.

Oubliant de l'hiver les antiques rigueurs,
Tout renaît, tout revit sous la voûte éthérée ;
Et les jeux et les ris autour de Cythérée,
Foulent d'un pied léger nos gazons enchanteurs.

Heureux qui, loin du bruit d'une ville insipide,
Promenant dans les bois ses songes vagabonds,
Admire, assis aux bords d'une source limpide,
Les sites reverdis, les naissantes moissons !

Ces guérêts agités, d'une mer orageuse
Rétracent à nos yeux les flots et les dangers,
Ces perfides courans dont la marche trompeuse
Nous brise sans pitié, sur des rocs étrangers.

Souvent, hélas ! souvent, triste image du monde,
Ils nous font espérer des biens qui nous sont dûs :
Déjà le grenier s'ouvre ; et la tempête gronde,
Mugit, éclate, frappe, et la moisson n'est plus.

Ainsi donc, Amyntor, sans compter sur l'automne,
Puisque en trompant l'espoir ajoute à nos douleurs,
Jouissons des présens que la saison nous donne :
Ce jour est pour la joie et demain pour les pleurs.

IV.

A CLÉON,

SUR L'AMITIÉ,

Le tems qui fuit, sur son aile légère,
D'un vol rapide emporte nos plaisirs ;
La mort qui nous surprend met fin à nos désirs ;
Loi triste et sans retour ! tout passe sur la terre,
Et tout s'éclipse avec nos jours.
Nous voyons, parvenus au bout de la carrière,
Nos ans, doux ou cruels, se perdre pour toujours.

Que les propos de la gaîté,
D'une innocente volupté,
Sachent remplir ce court espace ;
Et qu'on dise que si tout passe,
Quelque souvenir m'est resté.

Vous le savez, le sage a dit que la jeunesse
Fuit comme le trait du chasseur ;
Mais l'Amitié du moins, ce doux plaisir du cœur,
Délices des beaux ans, charme encor la vieillesse.
Quand l'amour voit, d'un air moqueur,
Ses pas tremblans que déjà la mort presse,
Que les jeux sont partis, que les grâces ont peur ;

Alors, fidelle déité,
Quand ces enfans nous ont quitté,
L'amitié soutient notre vie ;
Et quand j'aurai perdu Délie,
Je dirai : Cléon m'est resté.

Je veux te consacrer ma lyre,
Consolatrice des mortels ;
Je veux te célébrer par des chants solennels,
Et je veux qu'ils soient immortels :
Sans éprouver l'ennui, Cléon saura les lire
Et les chanter à tes autels.

———————

V.

L'IVRESSE.

De quels transports suis-je animé ?
Quel feu brûlant a passé dans mes veines ?
Je me sens retenu par d'invisibles chaînes :
Viens, près de moi, viens, ô Chloé,
De ce nectar mousseux qui pétille en mon verre,
Achève d'enivrer mes sens et ma raison :
Fais le rire dans la fougère,
Jusques au bout je boirai ce poison.
Je te vois, ô Bacchus, tu descends dans la plaine,
Tu quittes les coteaux, chancelans sous tes pas,
Je vois tomber le vieux Silène,
Et le Faune rit aux éclats;
Courons les joindre, ô ma Chloé.

Le dieu du vin, de la gaîté,
Le vois-tu là qui nous appelle ?
Entends-tu bien ces chalumeaux ?
La folie, au bruit des grelots,
Fait danser les jeux autour d'elle.
Quand le mortel dévorait les chagrins,
Sorti des mains d'Epiméthée,
Bacchus, de la terre attristée,
Fit naître un plant courbé sous les raisins.
Il permit que l'eau du Léthé
Se mêlât au jus de nos treilles.
De cette coupe, ô ma Chloé,
Approche tes lèvres vermeilles ;
Bois, le sourire embellira tes traits.
Là, mes yeux près du lis verront la rose éclore ;
Et pour augmenter tes attraits,
Par un baiser j'en ferai naître encore.

ÉLÉGIES.

I.

GLOSE D'UN AMOUR TROMPÉ.

Ils sont passés, les jours de la folie,
Ces heureux jours d'une trop douce erreur,
Où ma Chloé me parut si jolie,
Où de l'aimer je faisais mon bonheur.

Je n'irai plus sur la rive chérie
Où son amour jurait d'être constant ;
Adieu, ruisseau, l'honneur de la prairie,
Ton eau qui fuit emporta ce serment.
Adieu, bosquets, il faut que je l'oublie ;
Eloignez-vous, dangereux souvenirs,
Oublions tout et même nos plaisirs,
Ils sont passés les jours de la folie.

Oui, la raison dissipe un jour trompeur,
L'amour s'enfuit à son aspect sévère :
C'est un devoir, un autre a su lui plaire,
Je l'oublierai puisqu'un autre a son cœur.
O tems heureux d'une ivresse si chère,
Hélas ! pourquoi n'étiez-vous le bonheur ?
Chassons d'un cœur désormais solitaire

Ces heureux jours d'une trop douce erreur.
Je m'en souviens : c'était un soir d'automne,
Un de ces soirs où l'heureux vendangeur,
Aux jeux d'amour, à ses ris s'abandonne,
Soir qui sans doute aura fui de son cœur,
Soir, triste objet de ma mélancolie.
Je la voyais pour la première fois :
Son nom depuis fut gravé dans ce bois
Où ma Chloé me parut si jolie.

C'est là qu'il est entrelacé du mien ;
Et l'arbrisseau qui, sur sa jeune écorce,
Près de ce nom a vu croître le tien,
Prend tous les jours une nouvelle force :
Il dure plus que ton serment trompeur.
Adieu, témoin d'une perfide ivresse ;
Ils ne sont plus les jours de sa tendresse,
Où de l'aimer je faisais mon bonheur.

Ils sont passés les jours de la folie,
Ces heureux jours d'une trop douce erreur,
Où ma Chloé me parut si jolie,
Où de l'aimer je faisais mon bonheur.

———————

II.

LE DÉSIR.

Cent fois par jour je voudrais la presser
D'un cœur en feu qu'elle a trop su blesser,
Lui répéter : ô mon âme, ô ma vie !
Viens sur mon sein, ma tendre Ménalie.
Tout ce qu'amour connaît de plus puissant,
Ce que Vénus a de plus séduisant,
Est rassemblé sur ses lèvres de rose :
C'est une fleur à peine encore éclose,
Bouton charmant qui n'attend pour s'ouvrir
Qu'un jeune amant qui sache l'attendrir.
Seins palpitans sous la gaze légère
Disent déjà tout ce qu'on voudrait taire :
Ce regard tendre et ces yeux caressans
Nous ont appris que vous avez seize ans,
O Ménalie ; et déjà l'âge presse :
Il faut subir une amoureuse ivresse.
Si le tems fuit sans écouter nos pleurs,
Enchaînons-le par des liens de fleurs.
Il faut aimer : tout aime sur la terre.
A cet ormeau s'entrelace le lierre ;
Et ce ruisseau, dont l'onde fuit toujours,
Semble chercher un ruisseau dans son cours.
Mais en ce choix que la pudeur vous guide,
Soyez toujours sage, tendre, timide ;
N'épuisez point la coupe des plaisirs ;
N'irritez point d'inutiles désirs ;
Et d'un cœur pur, reine heureuse et constante,

Bornez vos soins au doux titre d'amante ;
Si vous voulez à jamais nous charmer,
Qu'on vous estime en sachant vous aimer.

IDYLLES.

I.

LA CAVERNE.

Abri de la chaleur, asyle du mystère,
Reçois-moi dans ton sein, caverne solitaire,
Antre que la nature a de ses mains creusé,
Oppose un air plus frais à cet air embrâsé.
Et toi, jeune Amyntas, sur ce banc de verdure,
Dans son temple avec moi viens chanter la nature.
Cet asyle pour nous est un présent des cieux ;
Le bonheur et la paix habitent dans ces lieux.
De mousse et de gazon doucement tapissée,
Admire cette roche en voûte surbaissée ;
Cette vigne sauvage et ses rameaux touffus,
Vagabonds, incertains, dans la grotte étendus ;
Et le lierre aux cent bras en ombrager l'entrée
Des festons toujours verts de sa tige égarée.
Chèvre-feuille charmant, toi dont l'aimable fleur
Sans doute attire ici le zéphyr enchanteur ;
Et toi, simple lilas, dont la tige fleurie
Retombe si souvent sur le front de Sylvie,
Du chapeau que pour elle entrelaçaient mes mains,
Troënes délicats, vous timides jasmins,
Dites-moi, dans ces lieux est-ce la main de Flore

Qui sut vous cultiver et qui vous fit éclore ?
Amyntas, c'est ici que les dieux des forêts,
Aux douceurs du sommeil joignent l'ombre et le frais.
Sur ce banc de gazon souvent le vieux Silène
Dormait tenant encor sa cruche à demi-pleine ;
Les Faunes, les Sylvains de leurs concerts joyeux
Interrompant en chœur le calme de ces lieux,
Une nymphe aussitôt, des autres séparée,
Venait d'un pied furtif écouter à l'entrée.

—————————

II.

LA FORÊT.

Lassé du tourbillon, du fracas de la ville,
Je viens sous tes rameaux réclamer un asyle.
Salut, sombre forêt : tranquille comme toi,
Je veux quelques momens reposer avec moi.
Là, je puis respirer, paisible anachorète,
Et savourer la paix que m'offre ta retraite.
Du jour qui vous a vu, timides arbrisseaux,
Sur le gazon à peine élever vos rameaux,
Au jour où vers le ciel s'élancèrent vos faîtes,
Quels siècles amassés ont passé sur vos têtes !
Chênes majestueux qu'a respectés le tems,
Du monde en son enfance antiques monumens,
Le silence est partout où s'étend votre enceinte :
Les fougueux aquilons seul y portent atteinte,
Quand ces tyrans de l'air par le Nord enfantés,
Pour vous livrer combat fondent de tous côtés.

Que vous êtes heureux sans pouvoir le connaître !
Arbres trop fortunés , vous n'avez point de maître ;
Dans ces paisibles lieux tous libres , tous égaux ,
Vous vivez sans besoins , réunis et rivaux ;
Et n'empruntant du sol qu'un peu de nourriture ,
Vous naissez , vous mourez où vous mit la nature.
Arbres , bien plus que nous constans dans vos amours ,
Le nœud qui vous unit vous unira toujours.
On ne voit point ailleurs d'unions immortelles ,
Et chez vous les amis sont des amis fidelles.
Vous ne vous plaignez point d'un voisin odieux
Et l'aspect d'un méchant n'afflige point vos yeux.
Que l'homme ne vient-il , éloignant toute ivresse ,
De vos leçons souvent écouter la sagesse ?
Arbres , il vous verrait sans hauteur , sans ennui ,
Aux faibles arbrisseaux assurer votre appui ;
Et vos troncs complaisans , ceints de viorne et de lierre ,
Lui montreraient du moins à soutenir un frère.

IMITATIONS EN VERS.

TITYRE ET MÉLIBÉE,

TRADUCTION DE L'ÉGLOGUE DE VIRGILE,

Tityre, tu patulæ, etc. (Fragmens.)

MÉLIBÉE.

Sous ce hêtre, où, berger, tu reposes en paix,
Tu cherches quelques airs dignes de nos forêts ;
Non loin de la patrie et de ce lieu champêtre
Nous fuyons les doux champs qui nous avaient vu naître,
Nous fuyons. Toi, Tityre, à l'ombre de ces bois,
Le nom d'Amaryllis vient exercer ta voix,
Et, tranquille, à l'écho tu fais chanter ses charmes.

TITYRE.

O Mélibée, hélas ! tu vois couler mes larmes,
Quand je pense à ce dieu qui m'a fait ce repos :
Car il sera mon dieu. L'autel de ce héros
Verra souvent l'agneau, quittant ma bergerie,
Offrir en holocauste et mes vœux et sa vie.
Il permet à mes bœufs, et tu vois ce bonheur,
D'errer au gré des airs que chante leur pasteur.

MÉLIBÉE.

Sans en être jaloux, en vérité, j'admire,
Cette paix qu'en nos champs chacun en vain désire.
Car il est si troublé, ce pays malheureux !

Moi-même avec effort me traînant dans ces lieux,
Je chasse devant moi cette chèvre encor mère,
Qui sur un dur rocher, pour comble de misère,
Sous cette coudre épaisse a mis bas deux jumeaux,
Trop inutile espoir de mes tristes troupeaux.
Si mon esprit léger avait su les comprendre,
Des présages trop sûrs me l'auraient fait entendre,
Ce malheur. La corneille, ou la foudre en tombant,
Trop insensé berger, me l'ont prédit souvent.
Mais ce dieu, quel qu'il soit, nomme-le moi, Tityre.

TITYRE.

Cette ville, pasteur, qui commande à l'empire,
Je la croyais semblable à nos humbles cités,
Où pour être vendus nos agneaux sont portés.
Ainsi je comparais les chevreaux à leur père,
Et le chien jeune encore à sa superbe mère,
Ce qu'on voit de plus grand aux plus petits objets ;
Mais de son chef altier dominant les forêts,
Autant un haut cyprès domine le troëne,
Autant nous le cédons à la cité romaine.

MÉLIBÉE.

Et quel puissant motif t'amena dans son sein ?

TITYRE.

La liberté trop tard éclairant mon destin,
Lorsque sous le rasoir une barbe blanchie
Dit les lustres nombreux qui composent ma vie ;
Que laissant Galathée et ses tristes amours,
Aux feux d'Amaryllis j'ai consacré mes jours, etc.

I.ʳᵉ SATIRE DE PERSE.

Vains projets des mortels ! de combien de folies
En tout tems, en tout lieu leurs têtes sont remplies !
— Tu crois sur ce début qu'on lira tes écrits ?
Sans doute. - Erreur, crois-moi. - Quoi, tant de beaux es_{prits,}
Et pas un ne lirait..? — D'un aveugle poète
Tous blâmeront les vers et la muse indiscrète.
Ton ouvrage à la fois pitoyable et honteux,
N'aura pour auditeur qu'un imbécille ou deux.
— Eh bien ! qu'importe au fond qu'un bel esprit maussade,
Ou du triste Ilion l'imbécille peuplade
Préfèrent Labéon aux vers que j'ai limés ?
Mes écrits en leurs tems se verront estimés.
—Bagatelles. Laissons dans l'épaisse ignorance
Ces Romains turbulens gouverner la balance ,
Et se livrant sans honte à leur goût de travers ,
D'une sotte critique affliger de beaux vers.
Dans les tiens, aujourd'hui, sans te montrer extrême ,
Crois-moi , ne cherche, ami, à blâmer que toi-même ;
Car qui n'est point à Rome...? Ah ! s'il était permis
De dire ce qu'on sait ! — Sans doute je le puis ;
Quoi, je vois un jeune homme échappé de l'enfance
Abandonnant ses noix , perdu dans la licence ,
Et de nos tristes jours le vieillard vicieux
Qui préfère ses mœurs aux mœurs de nos aïeux..!
C'est alors , c'est alors d'un heureux ridicule ,
Qu'il doit être permis d'employer la férule.
— Mais , tais-toi. — Moi, me taire et regarder un fat ,
Sans dilater ma rate et rire avec éclat !

Je verrais un auteur, nouvel énergumène,
En déclamant ses vers demeurer sans haleine,
Ou sur un échafaud débitant ses discours,
Et portant à son doigt la bague des grands jours,
Tout fraîchement paré d'une toge nouvelle,
Humecter d'un bouillon son gosier trop rebelle ;
Ou d'un œil adouci fixant son auditeur,
Implorer des succès par un souris flatteur !
Fit-il jamais entendre une mâle sagesse ?
Mais Titus n'applaudit qu'à ces traits de mollesse,
D'un débile écrivain plus débiles enfans,
Et dont les feux impurs ont altéré les sens.
-- Et toi, vieillard, et toi, tu veux que leurs oreilles
Se remplissent des vers qu'ont enfantés tes veilles,
Jusqu'à ce qu'enfin las d'éloges trop pressés,
Tu t'avises de dire : Ah ! messieurs, c'est assez...
Ces applaudissemens dont ta muse est si fière,
Ont fait germer, dis-tu, le figuier dans la pierre.
O mœurs, pour obtenir cet ignoble tribut,
De ta peine, insensé, tel était donc le but ?
Qui n'est connu savant n'a pas besoin de l'être.
Il te faut plus encore, il te faut le paraître ;
Que te montrant au doigt, l'on dise : Le voilà,
Cet écrivain charmant que tout Rome admira ;
Et tu veux, travaillant avec un soin extrême,
Fournir en classe un jour matière à quelque thème.
Le fils de Romulus, dans la chaleur du vin,
Des poètes fameux vient à parler enfin.
Quelqu'un s'élève alors, d'une voix sans égale
Et d'un ton nazillard parant chaque finale,
Hésitant quelquefois, te cite comme auteur,

Et son habit de pourpre entraîne l'auditeur.
Il célèbre Phyllis et parle d'Hypsipile ;
Dans ses chants langoureux se lamente une idylle ;
S'il est quelque sujet triste, horrible et bien noir,
De le bien déclamer il se fait un devoir.
Le convive applaudit. O cendre du poète,
D'éloges si flatteurs n'es-tu pas satisfaite ?
La terre moins pesante, à ce fils d'Apollon,
De fleurs va sur sa tombe émailler le gazon. etc.

ÉPITRES.

I.

L'ILE DU POÈTE.

A L'ÉCLUSE.

En vain des dieux l'auguste providence
A nos travaux accorda l'abondance ;
Et nous créant maîtres de l'univers ,
Nous a fait don de tant de biens divers.
Ce vif éclat dont se peint la nature ,
L'or des moissons , les flots d'une onde pure ,
Nos prés fleuris , nos vergers , nos troupeaux
Et le raisin qui jaunit les coteaux ,
Heureux nectar , doux présent de la terre ,
A nos besoins ne peuvent satisfaire.
Du rossignol oubliant les chansons ,
L'écho gémit du bruit de nos clairons.
Pour disputer d'inutiles conquêtes ,
Des rois brigands interrompent nos fêtes ;
Et sur nos pleurs jetant des yeux distraits ,
Vont de leur gloire accabler leurs sujets.
De l'artisan s'éteindra l'industrie ;
Le laboureur qui nourrit la patrie
Dans ses guérêts reviendra quelque jour,

Ses champs déserts, autrefois son amour,
Ne seront plus qu'un sol triste et sauvage,
De ses parens malheureux héritage.
Fuyons, l'Écluse, allons chercher ailleurs
Un ciel plus pur et des destins meilleurs :
Que les humains se déclarant la guerre,
De leurs fureurs épouvantent la terre ;
Et de son sein, homicides enfans,
Cachent leurs fronts sous des lauriers sanglans.
Que la noirceur, l'injustice et l'envie,
De leurs poisons étouffant le génie,
D'un règne affreux pèsent sur l'univers :
De tels tyrans sont faits pour des pervers.

Au sein des flots, sur l'océan qui gronde,
L'Écluse, allons chercher un nouveau monde ;
Les flots, les vents redoutés des mortels,
Sont moins que l'homme inconstans et cruels.
Va, ne crains rien. Sur la mer en furie,
Le blond Phœbus prendra soin de ta vie.
Le dieu des vers m'inspira ce dessein,
Il le protège ; et ce n'est point en vain
Qu'un songe heureux, sorti de l'Élysée,
Vint de sa part l'offrir à ma pensée.

Il me peignit un climat inconnu,
Aimé des Dieux et cher à la vertu,
Où l'innocence établit son empire,
Jouit sans peine et sans crime désire,
Séjour riant d'abondance et de paix,
Lieux aux méchans interdits pour jamais.
L'égalité par le sage adorée,

Y règne encor sous le beau nom d'Astrée.
Point d'intérêts , de guerre ou de combats ,
Les souverains et leurs sanglans débats
Sont inconnus ; et la terre féconde
Pour tout mortel également abonde.
L'un est le roi du toit qu'il a bâti ;
L'autre d'un champ par ses mains embelli ,
Et d'un verger doux et paisible maître ,
A pour sujet l'arbre qu'il a fait naître.
C'est là qu'on sait servir sans intérêt ,
Aimer sans fard et jouir sans apprêt.
Sans recourir à de vaines prières ,
On est partout secouru de ses frères ;
Tout rit d'amour sous un ciel aussi doux ,
Et tous les biens sont les trésors de tous.
L'été brûlant , et l'hiver , et l'automne ,
Ont du printems partagé la couronne ;
Et dans ces lieux déposant leurs rigueurs ,
Offrent partout ou des fruits ou des fleurs.
Là dans son cours l'immortelle naïade
Jaillit d'un roc ou s'élance en cascade ;
Ou bien , tranquille et d'un pas plus égal ,
Sur le gazon roule un lit de cristal ;
Et là souvent dans l'ardeur qui l'inspire
Plus d'un berger près de ses eaux soupire ;
Au loin l'écho répond à ses concerts
Et cherche en vain à répéter ses airs.
Qui nous retient ? Cette terre chérie ,
Crois-moi , l'Écluse , est pour nous la patrie.
Fuyons le monde et gagnons de ce port
Ces champs qu'un dieu mit à l'abri du sort.

En approchant de cette île charmante,
Quand ils verront notre barque flottante,
Nouveau prodige ignoré jusqu'alors,
Disons-le bien à ces tranquilles bords,
Que parmi nous l'innocence abattue
Au crime heureux tôt ou tard est vendue ;
Peignons surtout le monde et ses horreurs,
La haine enfin triste reine des cœurs ;
Mais non plutôt, sans souiller leur mémoire,
De nos climats dérobons-leur l'histoire ;
A des cœurs purs, heureux de s'allier,
Contentons-nous d'avoir pu l'oublier.

II.

A UN CURÉ.

Ainsi donc vous quittez ces lieux
Pour cet aimable presbytère,
Où vous vivrez tranquille, heureux,
En sage qui bornant ses vœux
A son domaine solitaire,
Plaint tout ces maîtres de la terre,
Du trône esclaves fastueux,
De ne pouvoir régner sur eux,
Lorsqu'ils gouvernent le tonnerre.
Bords réclamés par votre cœur,
Vous reverrez la solitude,
Le bois, le rivage enchanteur,
Où, dégagé d'inquiétude,

Au gré d'une vieille habitude,
Vous alliez rêver au bonheur
Et vous y livrer sans étude.
C'est là que, l'esprit satisfait
Par le bien que vous allez faire
Et celui que vous avez fait,
Occupé, pour unique affaire,
Du soin de votre humble troupeau,
Vous gouvernerez ce hameau
Dont tout habitant vous révère.
Bercail aimé de son pasteur,
C'est par vous qu'en de gras herbages
Il foulera, loin des orages,
Un gazon riant et flatteur,
Sous un ciel pur et sans nuages.
Repoussant de longues douleurs,
Sitôt qu'ils pourront vous entendre
Le malade essuîra ses pleurs,
Le pauvre oublîra ses malheurs,
Et près de vous pourra prétendre
Eprouver des destins meilleurs.
A peine on vous rend à vous-même,
Déjà l'espoir de ce retour,
Vous promettant à son amour,
Charme ce peuple qui vous aime.
Allez donc, écoutant ses cris,
De nouveau prendre la houlette,
Et regagner les prés fleuris
Où d'une âme enfin satisfaite
Vous règnerez sur vos brebis.
Loin du fracas qui nous enivre,
En effet il est doux de vivre,

De savourer la liberté ,
De caresser l'indépendance ,
Et sans connaître la licence ,
De se livrer à la gaîté ;
Et sans compter dans son année
Des jours oisifs et superflus ,
Dire , plus heureux que Titus :
Je n'ai pas perdu ma journée ;
Enfin sans jamais se ranger
Sous les lois d'un luxe inutile ,
D'avoir en son modeste asyle
Un doux repas à partager
Aux amis qu'annonce l'aurore ,
Messagère d'un beau matin ,
Et qui viennent vous voir encore
Quand le tonneau tire à sa fin.
Aux champs , loin d'un faste inutile ,
Se trouve un bonheur plus tranquille ;
C'est là que le ciel est d'azur ;
Et fuyant une pompe vaine ,
Près d'Horace le grand Mécène
Allait respirer à Tibur ,
Loin de la faveur souveraine.
Vous reprendrez ces biens divers ,
Et nous , enchaînés dans le monde ,
Mobiles jouets de son onde ,
Pâles colons de l'univers ,
Nous éprouverons l'inconstance
D'un sort qui nous voit de travers ,
Caché dans le flot qui s'avance.
Ainsi fuiront nos destinées ,

Parmi la contrainte et l'ennui ,
Et quelques heures fortunées
Que le tems amène avec lui ,
Ne consolent point nos années.
Regrets tardifs et superflus !
Lorsque nous quittons la lumière ,
Quand vingt lustres et même plus
Auraient rempli notre carrière ,
Que d'instans , que de jours perdus !
Combien de jours où , trop crédule ,
Notre esprit d'un soin importun ,
Dans un ennuyeux vestibule ,
Attendait le jour peu commun
Où la bonté de quelque altesse
Nous protégeant d'un air hautain ,
Par fois à notre folle ivresse
Voulait bien faire une promesse
Qu'elle oubliait le lendemain ?
Combien où , par l'ennui surprises ,
Nos âmes cherchaient le plaisir !
Combien aux folles entreprises !
Et combien au repentir !